글과 글씨 | 푸름 김 수 진

내 안에 가득 찬 생각과 감정,
그리고 저 깊은 그리움의 시작으로 글을 쓰기 시작했고
나의 글을 나의 글씨로 담아내는 과정을
통하여 삶에 더욱 애착을 가지고 살고 있다.

소소하고 평범하지만 따스한 위로를 건네는 글과 글씨로
많은 이들과 함께 여행하고 싶은 나는
캘리그라피 작가로 활동 중이며
디자인 푸름 대표이다.

나를 위한 당신을 위한 우리를 위한
글을 쓰고 글씨로 담아내는 작가이길 소망한다.

인스타그램 @design_pureum
홈페이지 www.디자인푸름.com
이메일 ppk357@naver.com

오늘도 나는
당신의
안녕을 빈다

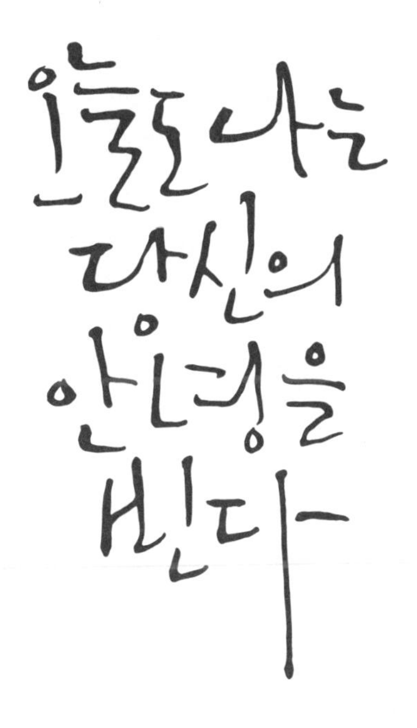

글과 글씨 | 푸름 김수진

ㅇㅅ

시프롤로그

지극히 평범했던 어린 시절,

글씨는 언제나 나와 함께였다.

기쁘거나 슬플 때 끄적임을 시작으로 매일 쓰던 다이어리, 친구에게 전하는 편지, 체육대회 날 응원하던 글귀, 심지어 학창 시절 내내 도맡아 썼던 학급일지까지. 그때는 몰랐지만 지금 생각해 보면 나와 항상 함께였던 글씨. 글씨를 쓰면 내가 살아있는 듯했고 나를 알리는 또 다른 나이기도 했다.

글은 글씨로 표현된다.

글씨는 글을 담는다.

내가 나의 글을 나의 글씨로 담아야겠다고 생각한 건 내 머릿속의 가득 찬 생각과 감정들을 토해내고 싶다고 느꼈던 순간부터였다. 갑작스러운 아빠와의 이별로 정의 내릴 수 없는 슬픔에 빠져있을 때 나는 애도의 방법으로 글을 쓰기 시작했다. 이젠 당신과의 손끝이 닿을 순 없어도 우리의 깊은 마음이 닿을 거라는 그 믿음 하나로 글을 썼다. 어쩌면 사무치는 그리움으로 시작된 글이었다. 쓰다 보니 많이 아팠다. 많이 슬펐다.

왠지 쏟아내니 마음이 조금씩 추슬러지는 듯하고 나의 감정을 좀 더 객관적으로 바라볼 수 있게 되었다. 그때부터 사랑하는 남편, 눈에 넣어도 안 아플 딸을 보며 느끼는 수많은 마음을 글로 옮기기 시작했고 삶을 바라보는 나의 시선과 주변 여러 사람들에 대한 마음 또한 글로 풀어가기 시작했다.

그렇게 쓰기 시작한 글에서 끝이 나는 게 아니라 나의 글씨로 담아내는 또 한 번의 과정을 더 거쳐야 했다. 여러 가지 서체들을 담아보는 과정 중에 글을 쓰며 느꼈던 감정을 툭 끄적이듯 쓰고 싶은 글의 서체는 속마음을 꺼내듯 써 내

려갔다. 슬픔을 느끼며 쓴 글에서 슬픔이 느껴지는 서체이길 바랐고 아픔을 느끼고 결의를 다지는 글은 그대로의 단단함이 느껴지는 서체이길 바랐다. 글을 지으며 느꼈던 감정을 글씨에 그대로 베이게 표현하는 과정이 언제나 쉽지 않지만 그 반복되는 고민을 즐겨보려 한다.

우리의 삶은 희로애락을 모두 겪고 느끼며 순서 없이 기쁘다가 슬프다가 외롭다가 사랑하다가... 많은 감정이 교차한다. 이번 글과 글씨를 주제별로 나누지 않고 순서 없이 교차하는 그 마음 그대로 풀어낸 모습과 같이.

지극히 평범하고 소소하지만, 삶의 굽이굽이마다 느낀 마음을 담은 이 책이 누군가에게 작은 위로와 공감을 건네주길 바란다.

내가 [illegible]

결국을 그

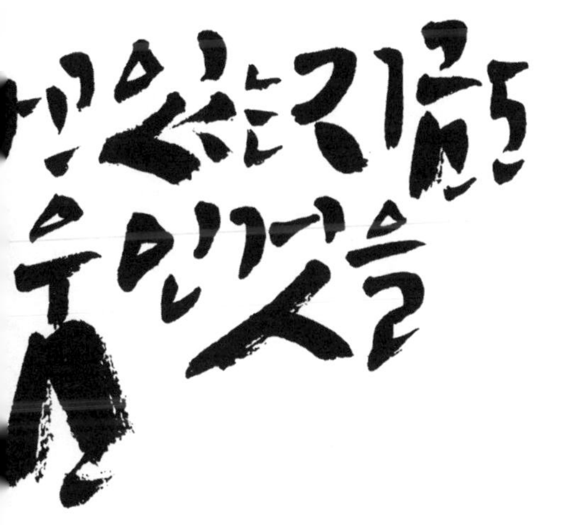

그리움

그리운 사람이라는 건
지금은 함께 있지 않다는 것

그리운 시절이라는 건
다시 돌아갈 수 없다는 것

그리움은 그렇게
과거에 머무른 듯하지만

내가 살아가고 있는 지금도
결국은 그리움인 것을

살아간다는 건
그리움이다

모든 나 흘러가지만
찰나의 세무릎으로
평생을 살아간다

그때는 왜

모든 것은 흘러간다

영원할 것 같은 시간도
수많은 감정과 인연들도
그리고 나 역시도

모든 게 흘러가지만
찰나의 머무름으로
평생을 살아간다

그때의 너와 나
그 순간의 벅참으로

그때는 왜 몰랐을까
우리 모두 눈부시게
찬란하다는 것을

네가 가는
그 길이
언제나
꽃길이기를

꽃길

너의 작은 마음에는

예쁜 꽃길이 있구나

그 꽃길을 따라가는

너의 마음이 너무나도 곱구나

사랑하는 아이야

언제나 그 꽃길에

너의 지금이 함께하길 바란다

네가 가는 그 길이

언제나 꽃길이기를

무심한 듯 한들한들
단단하게 살아남아
짓밟혀도 다시 일어서
훌쩍 커버린 너는
모두에게
사랑이어라

들꽃

무심한 듯 한들한들
단단하게 살아남아
짓밟혀도 다시 일어서
훌쩍 커버린 너는
모두에게 사랑이어라

그 어떤 조건에서도
강인하게 상처를 어루만지는 너는
누구보다 예쁨이어라

너의 생명력이 오늘도 한 뼘 자라
기쁨이 되었구나

등불

마음속 등불이 켜진다

어둡고 낯선 길을 홀로 걷다
반가운 누군가를 만나
세상이 환해지듯

홀로 컴컴한 마음을
위로해 줄 누군가가 있음에
마음속 등불이 켜진다
밝아지고 따스해져
이내 얼어붙은
모든 것이 녹아내린다

나도 누군가에게
등불 같은 사람이 될 수 있다면
어둠 속에서 나의 마음을 태워 보이리

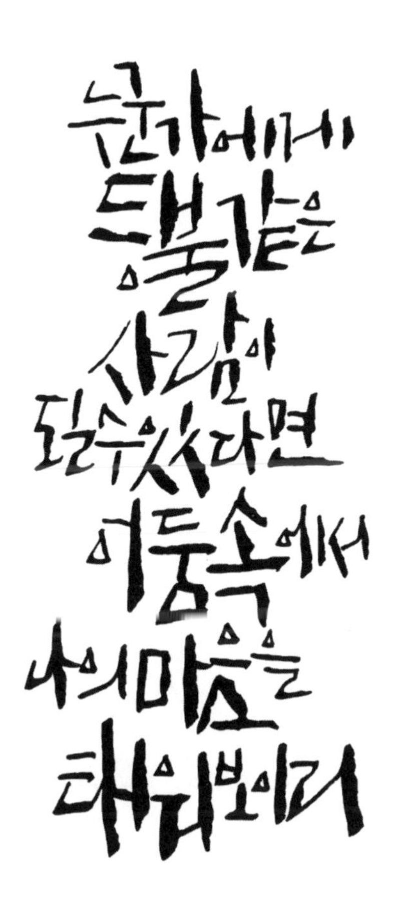
순간에게
돌 같은
사람이
될 수 있다면
어둠 속에서
나의 마음을
채워보리

덜어내

물 들어간다는 것은
정해지니,
없어진다는 게 아니다

물들어 간다는 것은

꽃들에 물들고

마음에 물들고

너에게 물들고

서로에게 물들어 간다는 것은

경계가 없어진다는 거야

너에게 물들어 가는 순간

너의 세계로 빠져드는 거야

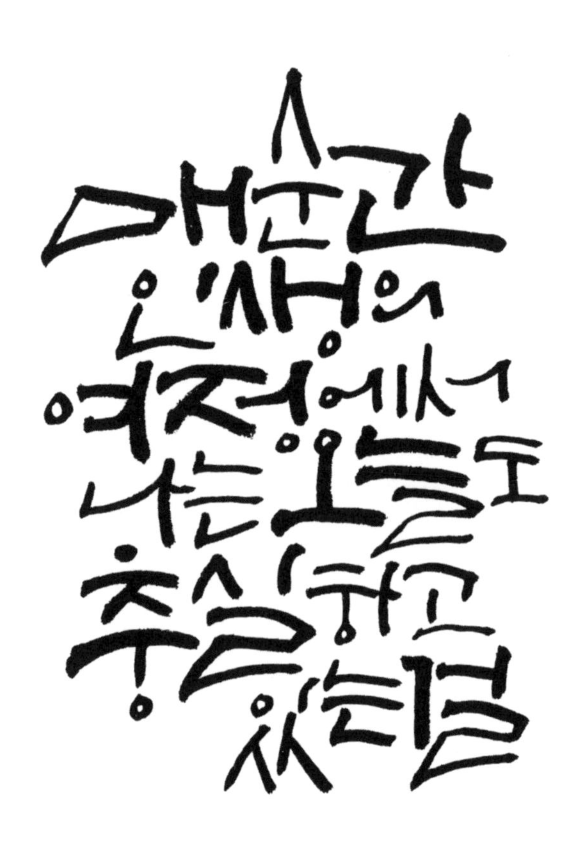
매순간
인생의
여정에서
나는 오늘도
충실하고
있는걸

나의 여정

인생이란 여정에서
매 순간 충실했다면
목적지가 어디든 상관없어
어디든 즐길 수 있거든

생각한 곳이 아니면 어때
천천히 가면 어때

매 순간 인생의 여정에서
나는 오늘도 충실하고 있는 걸

예쁜 생각으로
예쁜 마음으로
닳고 닳아
둥글어지는
삶지를
만들자

연필 같은 나의 마음

뾰족한 마음을 자꾸만 쓰고 써서
둥글어지게 해

방금 깎아놓은 연필처럼 뾰족한
나의 마음을 예쁘게 쓰고 써
둥글둥글하게 만들 수만 있다면

예쁜 생각으로 예쁜 마음으로
닳고 닳아 둥글어지는 심지를 만들자

함께할 때는
영원할
떠난 후엔
그리워

로런스럽게도
판 같고
술 없이
지는

꿈에

허허 웃던 모습
지그시 바라보던 미소

오랜만에 만난 꿈속에서
끝내 아무 말이 없었네

함께할 땐 미련스럽게도
영원할 것만 같고

떠난 후엔 속절없이
그리워만 지는

당신이라는 꽃

열정적으로 피고 지는 꽃이 아닌
있는 듯 없는 듯 항상 곁에
피어있는 꽃이 있다

무심코 둘러다 본
예쁘게 피어있는
당신이라는 꽃

당신은 일 년 내내
지지 않는 꽃이 되어
언제나 내게 위로가 되어준다

당신은 일년내내
지지 않는 꽃이 되어
언제나 내게 위로가 되어준다

늦은 밤
사람들이
제 집으로 돌아가
휴식을 취하고
잠이 들듯
하루 동안 내 안에
일어났던
감정들도
휴식을 취하고
편안하게
잠들기를

마음 재우기

늦은 밤
사람들이 제집으로 돌아가
휴식을 취하고 잠이 들 듯

하루 동안 내 안에 일어났던 감정들도
휴식을 취하고 평온하게 잠들기를

함께 할

서로에게 삶

들의 시간들은
유가 되었습니다.

함께

한결같은 그 마음에
나의 삶이 평온함으로
물들어 가고

묵묵한 당신의 응원에
외롭지 않게
나의 길을 걸어갑니다

함께했던 우리의 눈물은
서로에게 믿음을 주었고

함께하는 지금의 순간은
서로에게 버팀목이 되어주며

함께 할 우리의 시간은
서로에게 삶의 이유가 되었습니다

오늘도
너로 인해
나의 여행은
눈물겹다

인연

피를 나누어 사는 것처럼
진한 마음을 나누는 누군가가 있다

조건 없이 내 옆에 있어 주는
돌아보면 언제나 그 자리에 있는
누군가가 있다

애쓰지 않아도 자석처럼 붙어지는
누군가가 있다

삶을 여행하다 만난
너와의 인연은
늘 여유 있는 쉼이 되고
커다랗고 오래된 나무 아래 그늘이 된다

오늘도 너로 인해
나의 여행은 눈물겹다

하나가 꼭 하나로
둘이 꼭 둘로
돌아오지 않더라고요
나도 모르는 사이
셋으로 넷으로
이미 넘치게
받았을지도 몰라요
형태와 모양에
얽매이지
않기로 해요

하나, 둘, 셋, 넷

하나가 꼭 하나로

둘이 꼭 둘로 돌아오지 않더라고요

나도 모르는 사이

셋으로 넷으로 이미 넘치게

받았을지도 몰라요

형태와 모양에 얽매이지 않기로 해요

마음이 가을에

먼저
손을
내미는
사람
이었으면

고운 마음이 좋아

위로를 건네는 사람이었으면

깊이 있는 사람이었으면

그 사람의 생각은
내면의 깊이를 나타내고

깊이 있는 사람은
누군가로 하여금 깊은 생각을 하게 한다

마음이 깊어 먼저 손을 내미는 사람이었으면

깊은 마음이 닿아 위로를 건네는 사람이었으면

너의 마음에도
이렇게
굳은살이 생기면
덜 아프게
될 거야

굳은살

엄마,

연필 잡는 손가락이 까져서 아파

지금은 여린 살이라서

까지고 까져 아프겠지만

시간이 지나면 엄마 손처럼

단단해진단다

사람 마음도 똑같아

너의 여린 마음이 지금은

많은 것들에 상처가 되지만

성장할수록 너의 마음에도

이렇게 굳은살이 생겨

덜 아프게 될 거야

마음이 닿으니

예쁘다 생각하니 예쁘지 않은 곳이 없는
감사하다 생각하니 감사하지 않은 게 없는
마음이 닿으니 그 모든 닿지 않는 것이 없는

눈 딱 감고 마음먹어봐요
원하는 그대로 이루어질 테니

눈딱감고
마음
먹어봐요
원하는 그대로
이루어질테니

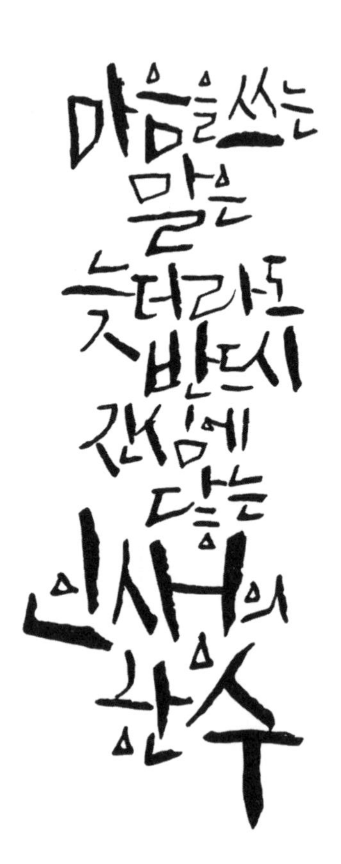
마음을 쓰는
말은
늦더라도
반드시
관심에
닿는
의사의
한수

인생의 한 수

머리를 쓰는 말은

결국 뻔히 읽히는 수

마음을 쓰는 말은

늦더라도 반드시 진심에 닿는

인생의 한 수

늦더라도 돌아가더라도

마음을 전하고 진심을 보내요

우리는
서로를 위해
빌고 또 빌어
뜨거운 눈물로
살아가야 한다

오늘도 나는
당신의
안녕을
빈다

기도

누군가를 위해 그토록 간절히
마음을 빈다는 것은
온 육체와 정신이 하나의 염원을 위해
처절하리만큼 피를 토해내는 일이다

모든 세상의 기운을 쏟아부어
당신의 온전함을 빌고 또 빌어
두 발로 다시 우뚝 서기를 바라는 마음이다

누군가 당신을 위하여
이렇게 울며 빌어준 적이 있는가

당신은 누구를 위하여
이렇게 간절히 목놓아 빌어본 적이 있는가

우리는 서로를 위해

빌고 또 빌어 뜨거운 눈물로 살아가야 한다

오늘도 나는 당신의 안녕을 빈다

사랑하는 사람과, 속삭이듯
푸른 숲에 청명하게
울어대는 새소리를 듣듯

나를 다독여

존재의 고귀함은
스스로 나를 얼마나 사랑하는가이다
나 자신을 사랑할수록
그 어떤 것에도 흔들리지 않고
누구보다 빛나는 나를 만날 수 있다

나의 말에 귀 기울여 주는 것
사랑하는 사람과 속삭이 듯
푸른 숲에 청명하게 울어대는 새소리를 듣듯
그렇게 나의 말을 주고받아야 한다

그렇게 나를 사랑해야 한다

너에게
물들어
온 세상을
담을 수 있어
참 예쁜
오늘이다.

참 예쁜 오늘

너에게 물들어 한껏 초록이 되어볼까
너의 싱그러움을 닮아갈 수 있도록

너에게 물들어 깊은 붉음이 되어볼까
너의 열정을 배워갈 수 있도록

너에게 물들어
새하얀 순백이 되어볼까
어느 것에 물들어도 어우러질
커다란 배경이 되어줄 수 있도록

그렇게 너에게 물들어
온 세상을 담을 수 있어
참 예쁜 오늘이다

너라는 온 세상

내게 다가온 너란 존재는

유일한 안식처였음을

내게 건네준 너의 마음은

온 세상이었음을

내가 너에게 해줄 수 있는

작은 약속 한 가지

그런 너를 오랫동안 사랑하는 것

내가 너에게
해줄 수 있는
작은 약속 한 가지
그건 너를
오랫동안
사랑하는 것

그래도 웃어지고
그래도 살아지고

남겨진 자

그날의 공기

그날의 온도가

잔상처럼 남아있지만

그날의 시간이 모두

멈춰버린 듯하지만

그래도 웃어지고

그래도 살아지고

너와 나

새로운 시작이 두려웠지만
청춘이기에 가능했던 그 시절

팽팽한 줄다리기도
시간이 지나며 느슨해지고

각자 짙었던 색도
점점 서로에게 물들어 갔지

지구라는 별에서
수십억 인구 중
너와 내가 만난 건
기적 같은 일이야

우린 평생을 기적처럼
살아가는 중이야

지구라는 별에서
수십억 인구 중
너와 내가 만난 건
기적 같은 일이다
우리 평생을
기적처럼
살아가는 중이다

세상이 온통 물감으로 칠해 놓은 듯 곱고
따스한 커피 한 모금에 행복의 이유가 완성되고
지나가는 바람에 코끝이 찡해지며
떨어진 나뭇잎은 하나의 운에 고독해지고
매서운 차가움이 벌써부터 두려워지는

지금은 가을입니다

가을 풍경

세상이 온통 물감으로 칠해놓은 듯 곱고
따스한 커피 한 모금에 행복의 이유가 완성되고
지나가는 바람에 괜히 코끝이 찡해지며
떨어져 나뒹구는 하나의 잎에 고독해지고
매서운 차가움이 벌써부터 두려워지는

지금은 가을입니다

꼭 맞는다는 건

누군가와 꼭 맞는다는 건

서로의 부족함이 있는 빈 공간으로

스며들어 포개어진다는 것이 아닐까요

마치 손가락을 깍지 끼우듯 말이에요

누군가와 꼭 맞는다는 건
서로의 부족함이 있는
빈 공간으로 스며들어
포개어진다는 것이
아닐까요
마치 손가락을
깍지 끼우듯 말이에요

말 한마디로
너를 알게되고
너의 마음을 알게되고
너의 관심을 알게되었다.

말 한마디

말 한마디면 된다

말 한마디로 너를 알게 되고
너의 마음을 알게 되고
너의 진심을 알게 된다

그렇게 말 한마디면 된다

태어나 맺어지고
스며들며 바라보다
저물어지는 그날까지
여름볕처럼
뜨겁게 사랑하고
가을바람처럼
서로감싸안아주자

우리 그렇게 살자

뜨거운 여름 볕이 머물다 간 자리에
선선하게 불어오는 가을바람이
살갗에 부빈다

내가 당신에게
당신이 나에게
우리가 너에게

태어나 맺어지고 스며들며
바라보다 저물어지는 그날까지
여름 볕처럼 뜨겁게 사랑하고
가을바람처럼 서로 감싸 안아주자

우리 그렇게 살자

도에
고
거린다.

색달해변

출렁대는 파도에 너를 맡기고

마음이 너울거린다

파도에 몸을 맡기는 너

그런 너를 바라보는 나

시간이 파도를 탄다

파도가 세월을 삼킨다

너의 지난 세월에

많은 것이 녹아들어

지금의 너를 맞이한다

반짝이는 작은 모래알들이

너의 커다란 앞날을 향해

소곤거린다

나는
당신의 아픔에
진심으로
마음을 나눌 수 있는
사람이 있으면
좋겠습니다

진심

누군가의 아픔이

나의 위로가 되지 않았으면 좋겠습니다

감사하며 살아가는 마음에

타인이 기준 되지 않았으면 좋겠습니다

오로지 내 안의 소신만이

나를 이끌었으면 좋겠습니다

그로 인해 나는

당신의 아픔에 진심으로 마음을 나눌 수 있는

사람이었으면 좋겠습니다

가녀리고 여리

너의 고귀한 생명의 피어오름에서
누구보다 굳건히 그 자리를 지키는구나

꽃아

가녀린 꽃아

너는 그곳에서 홀로 외롭지는 않으니

무섭지는 않으니

활짝 너의 모습을 보였다가

다시 사라짐에 슬프지는 않으니

가녀리고 여린 꽃아

너의 고귀한 생명의 피어오름에

누구보다 굳건히 그 자리를 지키는구나

들쭉날쭉,
좀처럼 일정해지지
않는 어려움
그건 바로
마음먹기

마음먹기

때로는 그렇게 또
쉬운 일이 있을까
싶을 정도로 너무나 쉽고
때로는 가슴에
큰 돌을 욱여넣는 일이
될 정도로 힘들기만 한

들쭉날쭉 좀처럼
일정해지지 않는 어려움

그건 바로
마음먹기

이세상에서
내가 나를
가장 잘
알면서도
가장 많이
모를 수가 —

혼자의 시간

나와 만나는 이 시간은
지독히 외롭고
간절하게 필요로 하며
오롯이 얼굴을 마주한다

항상 다른 이들을 보는 시선을
나에게 돌려 바라본다

이 세상에서
내가 나를 가장 잘 알면서도
가장 많이 모를 수가

나에게조차 감추려는 마음을
조금씩 꺼내어 본다

나누고 베풀어
넉넉해지는
삶

생각만 해도
부자가
된 것
같아요

깨달음

당신의 나눔으로
마음속이 꽉 채워졌어요

당신의 베풂은
언제나 깨달음을 주어요

때론 손해 보는 게
밑지는 장사가 아닌
남는 장사라는 것도
알게 되었어요

나누고 베풀어 넉넉해지는 삶,
생각만 해도 부자가 된 것 같아요

그 어떤 하나

어렵고 복잡하지 않게

난 그저 본질을 꿰뚫고 싶어

내가 좋아하는 한 가지에

푹 담그고 싶어

어설프고 서툴러도

내가 좋아하는 그 어떤 한 가지에

푹 빠지고 싶어

일도 사람도 사랑도

내가 좋아하는
그 어떤 한 가지에
푹 빠지고 싶어

그대와 나

어제보다 오늘의 그대가 더 좋고 오늘보다 내일
그대를 더 사랑할 것이다 오래된 나무처럼 늘
그 자리에 서 있는 그대가 좋다 시간이 지날수록 더
단단해지는 그 믿음이 좋다 함께 견뎌온 지난 세월이
보이지 않는 끈이 되어 서로에 대한 연민이 되었다

그대와 나

어제보다 오늘의 그대가 더 좋고
오늘보다 내일 그대를 더 사랑할 것이다
오래된 나무처럼 늘 그 자리에 서 있는 그대가 좋다
시간이 지날수록 더 단단해지는 그 믿음이 좋다

함께 견뎌온 지난 세월이
보이지 않는 끈이 되어
서로에 대한 연민이 되었다

마음은 한낱
스쳐 가는 바람일 듯?
그 바람에
흔들리는 내 마음을
평온하면
될 것을

미움과 마음

꽃을 미워해도
꽃은 마냥 예쁘기만 한 것을
미워하는 내 마음만
어지러워진 꽃밭인 것을

미움은 한낱 스쳐 가는 바람으로 두고
그 바람에 흔들리는 내 마음을
정돈하면 될 것을

미움은 그렇게
흘려보내야 하는 마음인 것을

최선을 다했음에도 후회가 되고
모든걸 주었음에도 부족하기만 한
세상의 많은 사랑 중 이토록
큰 미련이 남는 사랑이 또 있을까

내리사랑

최선을 다했음에도 후회가 되고
모든 걸 주었음에도 부족하기만 한
세상의 많은 사랑 중 이토록
큰 미련이 남는 사랑이 또 있을까

제때
치료하지 못한
상처는
결국
흉터가 되어
나를 또다시
아프게
해

흉터

감출 수 없고
속일 수 없으며
잘 찾아지지 않는
저 깊숙한 곳의
가시처럼 돋은

한번 건드려지면
걷잡을 수 없는 통증

제때 치료하지 못한 상처는
결국 흉터가 되어
나를 또다시 아프게 해

수많은 감정과
생각들을
놓치지 않고
계속 꺼내야
하는 것
허투루 흘리지 않게
잡아두는 것
그 흐름을
이어가는 것
무엇으로든
표현해내야 하는 것
마치 감정에
형형색색 옷을 입혀
옷장 속을 채우고
하나씩 꺼내
입는 것

옷장 속 생각들

수많은 감정과 생각들을
놓치지 않고 계속 꺼내야 하는 것

허투루 흐르지 않게 잡아두는 것
그 흐름을 이어가는 것

무엇으로든 표현해 내야 하는 것

마치 감정에 형형색색 옷을 입혀
옷장 속을 채우고 하나씩 꺼내 입는 것

you

너에게 보내는 나의 마음은

언제나 푸름이야

너에게 보내는 나의 사랑은

더할 나위 없이 에메랄드 해

너를 생각하면 내 마음은

언제나 코랄 코랄 해

너에게 보내는
나의 마음은
언제나 푸름이다

너에게 보내는
나의 사랑은
더할 나위 없이
에메랄드해

너를 생각하면
내 마음은
언제나
코랄코랄해

사랑을 머금은
이 세상 모든 것에
의미를 주는 건
바로
그렇게 바라보는
그대이다

그대여

의미 있는 세상 모든 것으로 하여금
오늘도 살아가는 생명을 얻고
허투루 쓰이지 않는 가치를 깨달아
작은 소리로 큰 울림이 될 수 있게
나아가는 사람아

그 발길의 끝에 모든 아픔을 묻어
세상에서 가장 반짝이는 눈으로
바라보는 모든 것을 사랑하라

사랑을 머금은 이 세상 모든 것에
의미를 주는 건 바로
그렇게 바라보는 그대이다

숲 아래

파란 하늘을 향해

큰 키를 자랑하듯 곧게 뻗어

초록의 머리로 눈부신 빛을

적당히 그늘지게 만들어 주고

어깨동무한 친구들과

외롭지 않게 재잘재잘

경이로운 자연 아래

고개 들어 쉼의 여유와

마음 가득 저장된 추억 하나

삶은 찰나를 기록해 둔 마음의 책을

하나씩 꺼내어 보는 것

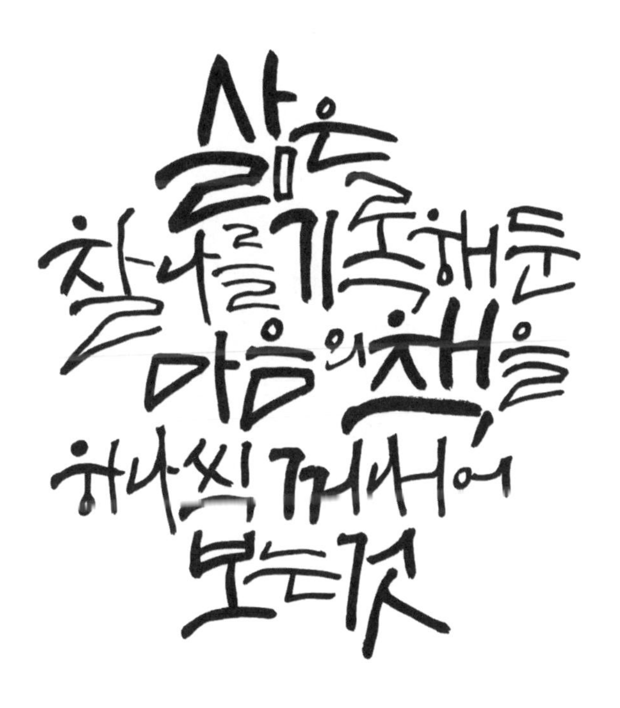
삶은
찰나를 기록해둔
마음의 책을
하나씩 꺼내어
보는 것

내가 그대를

사랑하지 않

랑하는 이유
없기 때문이다

이해

누군가를 있는 그대로 바라보면
이해하지 않을 수 없다

누군가를 온전히 이해하면
사랑하지 않을 수 없다

내가 그대를 사랑하는 이유,
사랑하지 않을 수 없기 때문이다

꽃다운 너

꽃을 보면 그냥 웃게 되듯

너를 보면 그냥 웃게 돼

이유가 있어서 좋은 게 아니라

그냥 너라서 좋고

너라서 웃는 거야

꽃이 수줍게 웃듯

너도 그렇게 웃으며 살아

넌 그렇게 웃을 때가 제일 예뻐

꽃이
수줍게 웃듯
너는 그렇게
웃으며 살아

눈을 감아도
잠을 청해도
귓가에
머무는
슬픈 눈물

상실

내가 담을 수 있는 그릇에

슬픔이 자꾸만 넘쳐

주워 담을 수가 없었다

내가 느낄 수 있는

가장 고통스러운

저 밑바닥의 슬픔이

머리끝까지 차올라

물속에 잠겨버린 듯했다

전기가 온몸을 감전시킨 듯

계속해서 가슴이 시큰거렸다

눈을 감아도 잠을 청해도

귓가에 머무는 슬픈 눈물은

꽤나 오래 지속되었다

다시는 겪고 싶지 않은

슬픔이었다

언제나 같은 말
다른 언어로
그렇게 멀리서만
바라보는
시리던 스러움

후회

너를 사랑하는 마음을
휘이휘이 날아가는 새가
낚아채 갈까
숨죽여 사랑했다

너를 미워하는 마음을
까뒤집어 탈탈 털어내듯
무심하게 스쳐 보냈다

알아챌까 겁먹은 사랑
사랑이었어야 할 미움

언제나 같은 말, 다른 언어로
그렇게 멀리서만 바라보는
미련스러움

어제는

오늘은 넉넉

내일은

설렘으로
감사함으로
그리움으로

사랑이 전부예요

사랑을 빼놓으면

아무 할 말도 아무 감정도 없는

빈 껍데기 같아요

여러 얼굴로 우리에게 인사하는 사랑은

어제는 수줍은 설렘으로

오늘은 넉넉한 감사함으로

내일은 깊은 그리움으로 올 거예요

기억해요

우리에게 찾아오는 사랑을

나의 의지

삶을 주도하라

나의 삶의 주체는
바로 나 자신이다

이끌 것인지 이끌려갈 것인지
그 한 끗의 차이는 바로
나의 의지이다

삶을 주도하라

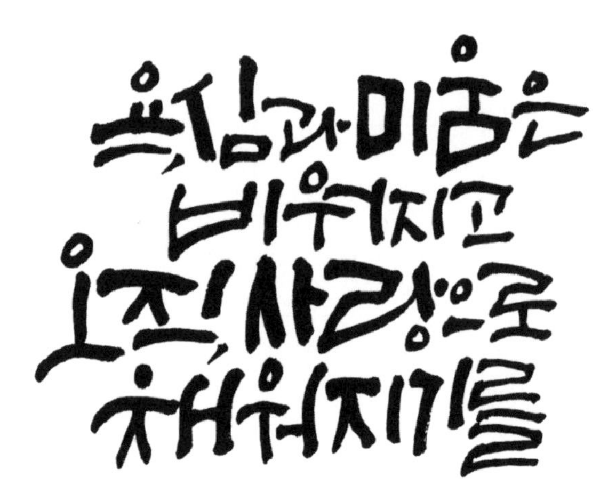
욕심과 미움은
비워지고
오직 사랑으로
채워지기를

비움과 채움

가득하면 비워지기를
공허하면 채워지기를

욕심과 미움은 비워지고
오직 사랑으로 채워지기를

죽는 날까지 비움과 채움으로
치유하는 인생을 살기를

사랑에도
연습이
필요
해요

사랑 연습

익숙하지 않은

사랑의 감추고 싶던 얼굴은

있는 그대로의 모습을 사랑하고

있는 그대로의 사랑을 받아들이는 순간

환한 미소를 머금게 돼요

사랑에도 연습이 필요해요

흐려진 잉크물에
더이상 빠져있지 않도록
오늘도 긍정의 물을
가득가득 채워본다.

긍정의 물

잉크 한 방울이 온 물을 물들이듯
감정 하나가 온통 내 마음을 지배한다

깨끗한 물을 쏟아부어 정화하듯
긍정의 물을 채워야 한다

부정적 감정에서 빠져나오는 것
그것이 내게 주는 해답이다

흐려진 잉크 물에 더 이상 빠져있지 않도록
오늘도 긍정의 물을 가득가득 채워본다

모순

세상을 바라보고 누군가를 대함에 있어
생각과 행동은 언제나 모순투성이

예쁘다 말하고 좋다 말하고
정작 마음은 텅텅 비어있는 공허함만이
가득한 채 살고 있진 않은지

그로 인해
다시 너와 내가 상처 입는 건 아닌지

언제나,
오순투성이

너의 열두 번째 해

따스함과 뜨거움
그 사이의 어느 날

모두의 염려와 축하
그 사이의 간절함으로
이 세상을 밝혀준 너

내가 아는 모든 예쁜 것보다
아름답고 찬란히 빛나는 보석

그 어떤 정의 내릴 수 없는
수많은 애틋한 마음

세상의 많은 인연 중
우리에게 주어진 운명

너를 가득 품을 수만 있다면

너를 가득 세상으로 내보낼 수만 있다면

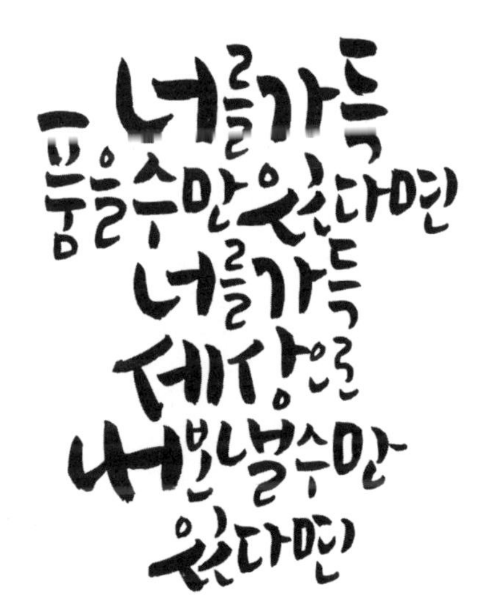

괜찮다,
내가 괜찮
않은 나주는

해도
않되는걸
잣스

그런 사람

말하지 않아도 느껴지는 마음이 있다

괜찮다 말해도 내가 괜찮지 않다는 걸
알아주는 사람이 있다

공기처럼 늘 곁에 있지만
자주 무뎌지는 그런 사람이 있다

목소리만 들어도 존재만으로도
울컥 눈물이 나는

나에겐 그런 사람이 있다

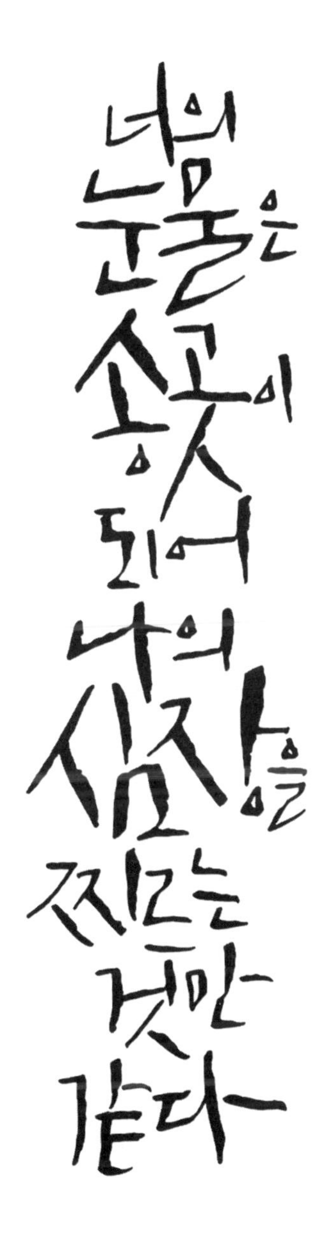
너의 눈물은 송곳이 되어 나의 심장을 찌르는 것만 같다

조금만 울기를

너의 상처는

마치 가시덩굴을 굴러

온몸을 찌르듯이

내게도 큰 상처가 되고

너의 눈물은 송곳이 되어

나의 심장을 찌르는 것만 같다

너의 아픔이

곧 나의 아픔이려니

조금만 울기를

조금만 상처받기를

조금만 아프기를

그 견뎌내는 하루하루에

너의 마음이 단단해지기를

오늘도 아픈 가시덩굴 속

너를 바라만 본다

그럼에도 불구하고
조금씩 현명해지는
그날

우리 이별한 날

초록이 무성해지고

매미가 목청 높여 울어 댈 즈음이면

당신과 이별한 날이 생각납니다

마지막일 거라고

상상조차 못 했던 순간이

그리움을 남긴 채

당신의 빈자리만 덩그러니

밖은 모든 게 녹아내릴 듯 뜨겁고

그곳은 모든 게 얼어붙을 듯 차갑던

함께 하지 못한 마지막에

헤아릴 수 없는 그 마음

그럼에도 불구하고
조금씩 희미해지는 그날은

매년 초록이 무성해지고
매미가 목청 높여 울어대면
또다시 찾아옵니다

세상
모든것들중
가장
아름다운
마음으로
서로를
바라보고
사랑하자

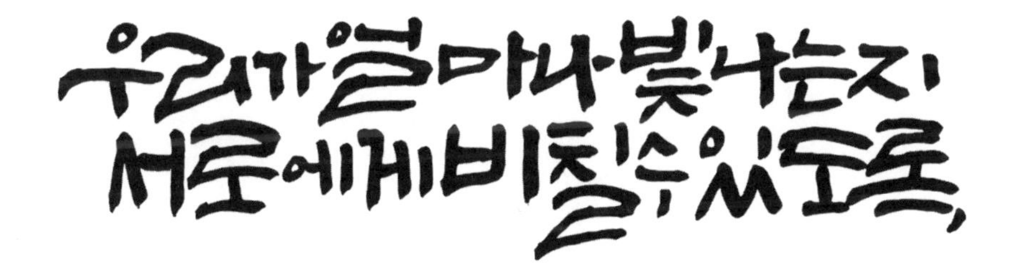
우리가 얼마나 빛나는지
서로에게 비칠 수 있도록,

가장 아름다운 마음

아무것도 하지 않아도
너는 그 자체로
빛나는 보물이야

지구라는 별에 떨어진 우리는
모두가 반짝거려

세상 모든 것들 중
가장 아름다운 마음으로
서로를 바라보고 사랑하자

우리가 얼마나 빛나는지
서로에게 비칠 수 있도록

그저 먼발치서
바라만 보네

긴 세월을 바라보며

광활한 하늘 아래

손에 잡힐 것 같은 구름도

긴 시간의 흐름도

그 누구도 잡지 못하네

세월을 곱씹어 보아도

온 세상을 주고 싶은 마음도

이제는 그저 먼발치서 바라만 보네

아픈 가슴도

저마다의 사연도

흘러가는 뭉게구름에 함께 띄워 보내며

그저 먼발치서 바라만 보네

꼭 정면으로
맞서야하는건
아니니까
괜찮아

회피

너무 들여다보면 아프니까
때로는 외면하고 회피하지

불어오는 태풍을
본능적으로 뒤돌아서서 맞아도
등은 아프고 태풍의 위력은
온몸으로 다 느껴지는데
그저 바라보지 못할 뿐이야

꼭 정면으로 맞서야 하는 건 아니니까
괜찮아

들꽃
같은
너의
곁에
나는
단단한
풀이
되겠다

혼자가 아님을

너의 작은 상처에
마음이 뜯기는 듯하고
너의 슬픈 눈물에
모든 게 멈추는 듯하다

이 모든 풍파를 겪어내고
단단해질 너는
누구보다 강인한
들꽃이 되려니

들꽃 같은 너의 옆에
나는 단단한 풀이되겠다

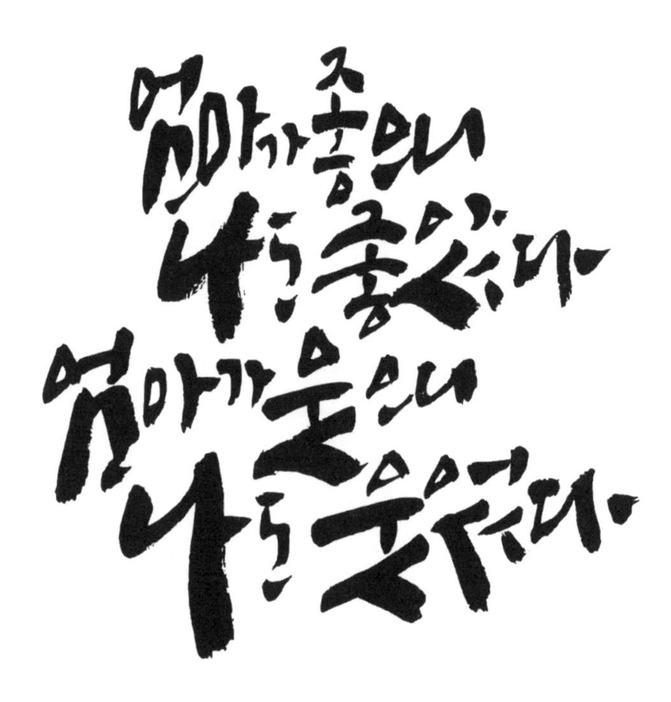
엄마가 좋으니
나도 좋았다.
엄마가 웃으니
나도 웃었다.

그 이름, 엄마

엄마가 좋으니
나도 좋았다

엄마가 웃으니
나도 웃었다

어느새 나는
그녀의 아픔을 품어주고 싶은
한 여자가 되었다

더불어 사는 삶을
택하는 건
나를 밝혀주는 등불을
다른 사람들이
가지고 있기 때문이야

나 혼자서는
어둠 속에서
빛을 낼 수가
없거든

더불어 사는 삶

혼자 가는 길은
조용하고 편하고
나만 생각하면 되지만

더불어 가는 길은
시끄럽고 불편하고
모두를 생각해야 하지

세상이 혼자 가라 떠밀어도
더불어 사는 삶을 택하는 건
나를 밝혀주는 등불을
다른 사람들이 가지고 있기 때문이야

나 혼자서는 어둠 속에서
빛을 낼 수가 없거든

마음을 얼마나
담그느냐에 따라
온우주를
가질수도 있지
오늘도 이 하루는
온전히
내거

마음 담그기

오늘은 꽃이 인사하네

오늘은 초록이 말을 거네

우리의 인생은

지루한 반복인 듯하지만

마음을 얼마나 담느냐에 따라

온 우주를 가질 수도 있지

오늘도 이 하루는 온전히 내 거

베푸는 삶은
그 무엇에도
얽매이지 않는다.
감사하는 삶은
그 무엇도
원망하지 않는다.

삶

베푸는 삶은 그 무엇에도 얽매이지 않는다
감사하는 삶은 그 무엇도 원망하지 않는다

욕심내지 않고 기꺼이 내어 주는 삶
작은 것부터 하염없이 감사하는 삶

그것이 바로 내가 걸어가야 하는 삶이다

적당하다는 건

수많은 시행착오를 겪고

많은 후회와 아쉬움을 남기기도 하고

충분하지 못했음에 늘 부족함을 느끼며

넘치게 사랑해 보기도 하고

마음을 아끼기도 해보고

적당하다는 건

부족함과 넘침을 모두 겪은 후에야 알 수 있다

적당하다는 건
부족함과 넘침을
모두 겪은 후에야
알 수 있다

깊은

얕은 바다는 훤하게 들여다보이죠

얕은 관계 또한 속내가 훤히 들여다보여요

우리 서로 깊어지기로 해요

한달음에 뛰어오는 너를
숨막히게 안아줄수있다면
오늘도 이 모든 순간을 기꺼이
너에게 내어줄것이다

기다림

뭉게뭉게 서서히 흘러가는 구름
한들한들 나뭇잎이 재잘거리는 바람
해 질 녘의 눈부신 햇살
오순도순 손잡고 걸어가는 엄마와 딸

생각을 잠시 쉬어 너를 기다리는 시간
찰나의 순간들이 가슴속 사진첩에
하나 둘 담기는 시간

한없이 너를 기다릴 수 있다면
이 모든 순간을 넘치도록 담아내
너의 작은 모습을 지켜내고 싶다

한달음에 뛰어오는 너를

숨 막히게 안아줄 수 있다면

오늘도 이 모든 순간을 기꺼이

너에게 내어줄 것이다

그
누구보다
너의 한마디
한마디를
귀기울이며
마음에
새기고 싶어
그렇게 너를
품을 수 있는
커다란
내가
되고 싶어

그렇게 너를 사랑해

서툴게 다가서는 너에게

서툴러도 괜찮다고 말해주는

내가 되고 싶어

사랑한다고 속삭이는 너에게

내가 더 많이 사랑한다고 말해주고 싶고

그 누구보다 너의 한마디 한마디를

귀 기울여 마음에 새기고 싶어

그렇게 너를 품을 수 있는

커다란 내가 되고 싶어

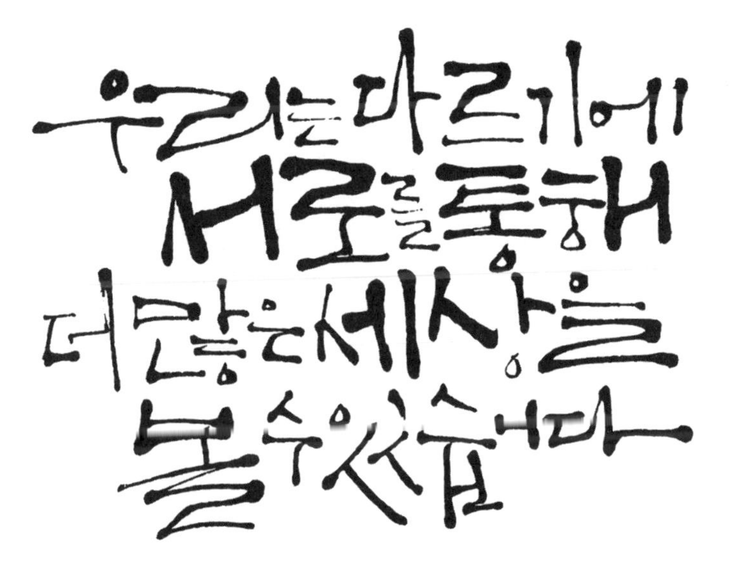
우리는 다르기에
서로를 통해
더 좋은 세상을
볼 수 있습니다

신비한 세상

나는 당신이 나와 같지 않아 좋습니다
나는 당신을 나와 같지 않아 사랑합니다

한때는 내 마음 같은 사람이었으면
나와 꼭 닮은 사람이기를 바랐습니다

지금은 다릅니다

나와 다른 당신이 좋고
나와 다른 당신을 사랑합니다

우리는 다르기에 서로를 통해
더 많은 세상을 볼 수 있습니다

그렇게 바라보는 세상은

참 신비스럽습니다

나는 당신이 나와 같지 않아 좋습니다

적당한 거리

꽃을 계속 어루만지면
금방 시들어져 버려

너무 예쁘고 사랑해서
소유하고 싶어도
그저 바라만 봐주면
더 오래 더 소중히
곁에 둘 수 있는 걸

그 꽃이 혼자 오롯이
피고 질 수 있도록
때가 되면 물을 주고
사랑으로 지켜봐 줘

오랫동안 네 곁에
머무를 수 있게

그 꽃이 혼자 오롯이
피고 질 수 있도록
때가 되면 물을 주고
사랑으로 지켜봐 주기

오랫동안 네 곁에
머무를 수 있게

풍족한 설렘보다
안정적인 편안함을
무모한 도전보다
확신있는 추진력을
이유없는 열등감보다
따스한 자기위로를
건넬 줄 아는
내 나이
마흔
입니다

뭐든 할 수 있는

풋풋한 설렘보다
안정적인 편안함을

무모한 도전보다
확신 있는 추진력을

이유 없는 열등감보다
따스한 자기 위로를
건넬 줄 아는

내 나이 마흔입니다

그 마음을
어루만져 줄 수 있다면
얼마나 좋을까

그럴 수만 있다면

시간에 세월에

모든 게 점점 약해지고

부서지고 고장이 나듯

한 사람에게 주어진

생의 시간에도 막을 길이 없더라

조금 더 부드러운 마음으로

그 시간을 함께하면 얼마나 좋을까

조금 더 여유로운 보살핌으로

그 마음을 어루만져 줄 수 있다면

얼마나 좋을까

생각처럼 그럴 수만 있다면

얼마나 좋을까

시커멓게 쥐어지는
두 손 가득한 시름을
한숨 한 모금에
삼켜버린다
치열하게 뛰던
심장이
뜨겁게 붉기를
머금고 이내
소멸하는 장작과
같이 축하고
내려앉는다
한 줌 재가
되어버린 듯한
모든 생각의
실타래를
그대로 녹여버린다
그러면
되었다

한 줌

시커멓게 쥐어지는
두 손 가득한 시름을
한 줌 한 모금에 삼켜버린다

치열하게 뛰던 심장이
뜨겁게 불기를 머금고 이내
소멸하는 장작과 같이
툭 하고 내려앉는다

한 줌 재가 되어버린 듯한
모든 생각의 실타래를
그대로 녹여버린다

그거면 되었다

당신이
그렇게 그리워지는
밤입니다.

달님

베갯잇에 기대어 창문을 바라보니
당신이 오셨네요

방 안에 살포시 들어온 달님은
그립고 그리운 당신

잘 지냈냐고 인사해 주는 당신

칠흑 같은 밤하늘에
외로이 홀로 바라보다
이내 두 눈이 가득 차오릅니다

당신이 그립고 그리워지는 밤입니다

홀로 외로워도 너의 자리를 지켜내어
피어난 너는 누구보다 예쁘구나
너의 외로움이 너를 길로 가볍지
않게 해주었고 더 이상 외롭지 않게
감싸 안아 준다 너는 외로워 피어
났고 외로워 살아간다 외롭다는 건
쓸쓸하지만 너를 사랑할 수밖에
없는 이유가 되었다

홀로 피어나

홀로 외로워도

너의 자리를 지켜내 피어난 너는

누구보다 예쁘구나

너의 외로움이

너를 결코 가볍지 않게 해주었고

더 이상 외롭지 않게 감싸 안아준다

너는 외로워 피어났고

외로워 살아간다

외롭다는 건 쓸쓸하지만

너를 사랑할 수밖에 없는 이유가 되었다

너에 대한 절박함이 마음에 녹아내린다.
애써 왔던 지난날
잘 견디고 있는 지금
누구보다 찬란할 앞날
작디작은 너의 뒷모습에서 애잔함이 밀려온다.
언제나 너의 뒤에는 그 모습을 묵묵히 바라봐 줄
내가 있다.

엄마가 있다.

필연-너의 뒷모습

너에 대한 절박함이
마음에 녹아내린다

애써왔던 지난날
잘 견디고 있는 지금
누구보다 찬란할 앞날

작디작은 너의 뒷모습에서
애잔함이 밀려온다

언제나 너의 뒤에는 그 모습을
묵묵히 바라봐 줄 내가 있다

엄마가 있다

도약

움츠려든 마음을 딛고

도약할 수 있는 용기

이젠 네 차례야

움츠려든 마음을 닫고
도약할 수 있는 용기
이젠 네 차례야

벽

적당한 선과
어느 정도 높이의 벽은
서로를 지켜주는
안전일지도 몰라

처음부터 벽을 허물고
시작하려는 마음에
결국 우리는 다치고 말아

사람은 누구나
상처받지 않으려고
또다시 벽을 세우게 되지

벽,
때로는 안전을 보장하기도 해

오월

너의 손이 그늘이 되어주네

너의 팔이 안식을 주네

너로 인해 오늘도 나는 활짝 피었네

초록으로 수놓인 하늘 아래

너의 푸름이 오늘도 내 안에 가득 찬다

이 가득 참이 새삼 고맙다

이 편안한 위로가 더할 나위 없이 감사하다

오월, 너는 참으로 푸르구나

오월
너는 참으로 푸르구나

꽃이 핀 마음에
바람이 불어와
설렌다
오늘 내 안에
마음꽃이
피었다

마음 꽃

오늘도 이해를 받았네
아픈 마음을 어루만져 주는 이해

오늘도 마음을 받았네
너는 잘하고 있다고 토닥여주는 마음

오늘도 사랑을 받았네
너는 오롯이 빛나고 있다고 바라봐 주는 사랑

사랑이란
이해받은 마음에 꽃이 피는 것

꽃이 핀 마음에 바람이 불어와 설렌다
오늘도 내 안에 마음 꽃이 피었다

울어
네 속을 비워내고
다시 나아가라.

그렇게
너의 나아감을
우리는 오늘도
응원한다.

사랑한다.

보석 같은 너에게

울지 마라 얘야

네가 울면 우리는 가슴이 녹고 녹아

이내 없어져 버린단다

이 세상에 너를 내놓아야만 하는데

부딪히고 깨져야 보석이 될 텐데

너에게 꼭 필요한 그 시간들을

우리는 이렇게 멀리서 바라만 본다

때로는 울어라 얘야

울어 네 속을 비워내고 다시 나아가라

그렇게 너의 나아감을

우리는 오늘도 응원한다

사랑한다

옥상정원

생각지 못한 아픔에
덜컥 내려앉은 마음에
늘 곁을 지켜준 엄마

엄마와 찍은 사진
함께 바라본 가을 풍경
찬 바람에 동여매었던 옷자락
나를 웃게 해준 엄마의 미소까지

잊지 못할 그날의 기억은
깊이를 헤아릴 수 없이
가득 차오르는 사랑이며
목이 뜨거워지도록 울컥거리는
애달픈 눈물이다

내가 받은 이 눈부신 사랑으로
남은 인생을 살아가야겠다

그날의 기억은
깊이를 헤아릴 수 없이
가득 차오르는 사랑이며
볼이 뜨거워지도록
그 울컥거리는
애달픈 눈물이다

용기를 내어
시작하고
이끌어가는
과정들은
그 자체로
빛나는
일이며
우리는 이미
많은 것을
해내고
있으므로

시작하는 용기

나아가는 이유를
저 멀리 목표점에 두지 않고
걸어가는 과정에 몰두하면
좀 더 이 시작을 즐길 수 있겠지

시작이 두렵기에 용기를 내어본다
결과가 두렵기에 과정에 애써본다
먼 끝을 보고 달리지 않는다

용기를 내어 시작하고
엮어가는 과정들은
그 자체로 빛나는 일이며
우리는 이미 많은 것을
해내고 있으므로

그래도

나에게 찾아온 기

러봐

놓치지 말고 잡아봐

기회

미련스럽게 버텨도 좋아
버티며 준비하고 있으면
반드시 의미 있는 날이 올 거야

그게 기회인 거지

기회는 수많은 얼굴로
예상하지 못했을 때 찾아오기도 해

버티면 누구에게나 반드시 오는데
그게 기회인지 알아차리는 게 어려워
버티는 게 가장 힘든 이유야

그래도 버텨봐

나에게 찾아온 기회를 놓치지 말고 잡아봐

그 누구보다 가장 환하게 웃을 수 있도록

파도를
거부하는게아닌
파도를
잘탈수있기를

중간 어딘가

폭풍 같던 시간도
결국은 지나가는 것을
찰나의 순간이
꼭 영원할 것만 같은 생각으로
삶에 집착하게 되는 순간이 있다

평정심으로 살아내기란
결코 쉬운 일이 아니지만

마음의 파도와 고요함
그 어느 중간 정도의 지점에서
오랜 시간 살아지기를

그렇게 오늘도
파도를 거부하는 게 아닌
파도를 잘 탈 수 있기를

나는
나를 딛고
일어선다

나를 딛고 일어서

누군가의 모습이 한때는
부러움의 대상이자
이상적인 삶이었으나
세상을 바라보는 기준이
차츰 변해가는 것을 느낀다

나를 많이 사랑할수록
삶에 꽤나 만족한다는 것과 함께

누군가의 모습으로
나를 되돌아보는 것으로 된 것이다

잣대 없는 타인과의 비교를 멈추고
스스로를 다져본다

나는 나를 딛고 일어선다

어둠 속
보이지 않는
길에서
넘어져
다치지 않기를
바랄 뿐
이다

터널

우리는 생각보다
큰일에는 의연하고 담대하게
받아들이며 살아지고
아주 작고 사소한 일로부터
본능적인 감정과 마주한다

이성과 감성을 관통하는
수많은 회로 속에서 방황하는
우리는 출구를 찾는다

어둠 속 보이지 않는 길에서
넘어져 다치지 않길 바랄 뿐이다

다짐

수많은 타당함

내 마음과의 타협

열정이라는 그럴싸한 포장지에

포장된 욕심

완벽을 갈망하는 오만함

꼬이고 꼬여 얽혀버린 회로들을

송두리째 뽑아버린다

돌덩이처럼 무거운 모든 짐을

내려놓는다

모든 것으로부터

자유롭고 단순하게 살아내자

돌덩이처럼
무거운
모든 짐을
내려놓는다
모든 것으로부터
자유롭고
단순하게
살아내자

글과 글씨

글은 나의 생각을 담는 그릇이 되고
그릇 안의 여러 음식들은 글씨가 된다

오늘은 어떤 그릇에
어떤 음식을 담아볼까

오늘은 어떤 글을
어떤 글씨로 담아볼까

글은 나에게 치유이며
글씨는 나에게 생명이다

모두에게 연결되어 있는 듯한
수많은 감정과 생각들

한 손

가슴속에 꽉꽉 들어차
비워내지 않으면 안 되는
모든 게 연결되어 있는 듯한
수많은 감정과 생각들

잠시 잠깐 한 손을 빌려
숨을 쉬듯 노래를 하듯
새하얀 종이 위로 걸어간다

생각이 마음이
눈 앞에 펼쳐지는 순간이다

열정

열정에 비례하는 열심

열정이 가득하면
열심은 자연스레 따라간다

얼마만큼 열심히 했는지는
얼마만큼 열정을 쏟았는지를
생각해 보면 알 수 있다

나는 무엇에 열정을 가지고
얼마큼 마음을 쏟았는가

내 안에 들끓는 열정이
아직 많이 남았는가

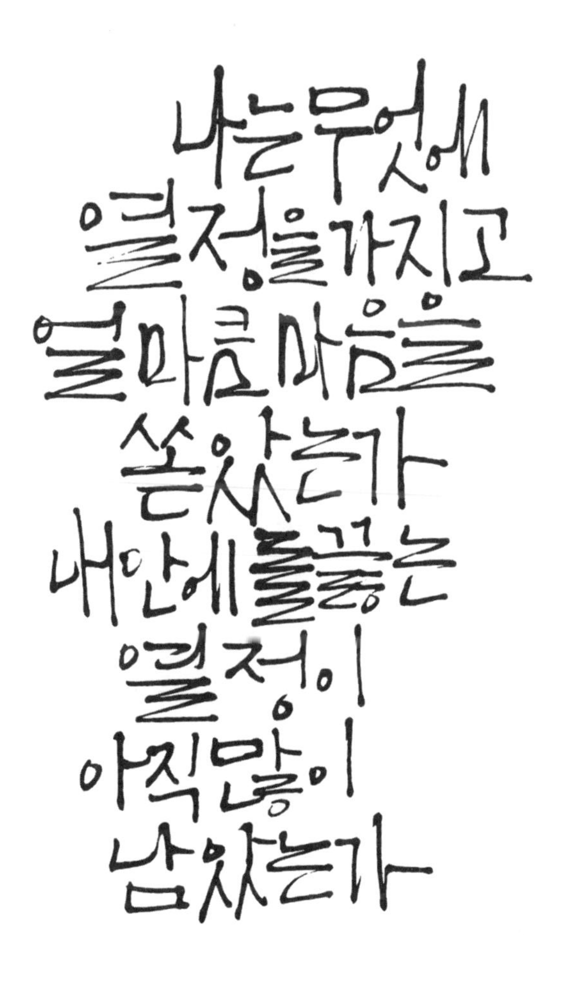
나는무엇에
열정을가지고
얼마큼마음을
쏟았는가
내안에들끓는
열정이
아직많이
남았는가

나를
알아간다는건
결코 쉬운일이
아니었음을

나와 마주하는 순간

겹겹이 쌓인 감정의 껍질을
하나하나 벗겨가는 일은
마음을 들여다보는 것과 같다

껍질이 벗겨질수록
본질이 무엇인지 알아간다

내 마음에 들어앉은 이 감정이
무엇인지 들여다볼수록
아프고 깊어 이내 껍질을 다시 덮어둔다

나를 알아간다는 건
결코 쉬운 일이 아니었음을
그렇게 서툰 글에 조금씩 나의 마음을 담아본다

오늘도 나는
매 순간
선택하고
그 결과를
기꺼이
받아들이는
연습을
한다.

선택

인생이란 늘 선택의 연속,

오늘도 나는 매 순간 선택하고

그 결과를 겸허히 받아들이는 연습을 한다

뒤따라오는 책임과 비난의 무게에

지나치게 겁을 먹고

아무 선택도 못 하는 사람이 아닌

나의 용기 낸 선택에 언제나

책임지는 사람이 되고 싶다

찬란한 인생이야

우리는 모두 그 자리에서 살아내느라

찬란하고 눈부셔

우리의 그런 하루들이 모여

인생이란 이름으로 살아가면서

먼 훗날 곱씹으며 이야기하겠지

그땐 참 열심히 살았었다고

우리 언제 어디에서든

주체적으로 살아내자

빛나는 인생을 위하여!

우리 언제 어디에서든
주체적으로 살아내자
빛나는 인생을 위하여

우리의 목표는
높이뛰기가 아닌
멀리뛰기

멀리뛰기

같은 곳을 바라보며
함께 나눌 수 있는 이야기가 있다는 게
얼마나 가슴 벅찬 일인지 모른다

혼자 가는 이 길이
외롭지 않은 이유가 되며
열정을 함께 나누고 싶은
여유가 생기기도 한다

그곳이 정상이 아니어도 좋다

우리의 목표는 높이뛰기가 아닌
멀리뛰기이므로

작은 나무들이 모여
울창한 숲을 이루듯
우리의 뜻이 한데 모여
목표를 완주하고
좋은 글을 선물어
마음을 움직이는 글씨로
서로를 치유한다

우리는 그렇게

작은 나무들이 모여
울창한 숲을 이루듯
우리의 뜻이 한데 모여
목표를 완주하고
좋은 글을 머금어
마음을 움직이는 글씨로
서로를 치유한다

나누고 싶은 기쁨도
감추고 싶은 슬픔도
모두 담백하게 담아낸다

우리는 그렇게
서로를 격려하고 응원한다

처음과 끝, 그리고 다시 시작

처음과 끝은 결국 다시 이어진다
아니 어찌 보면 처음과 끝은
같은 지점일지도 모르겠다

둥근 원의 한 점에서 시작해
한 바퀴 돌아 다시 그 점으로 와야
끝이 나고 또 시작인 것처럼
우리 삶은 언제나 새롭고
하루하루가 또 다른 시작이다.

시작을 두려워하지 말자

시작의 끝은 또 다른 시작이므로
우리는 계속해서 나아갈 수 있으므로

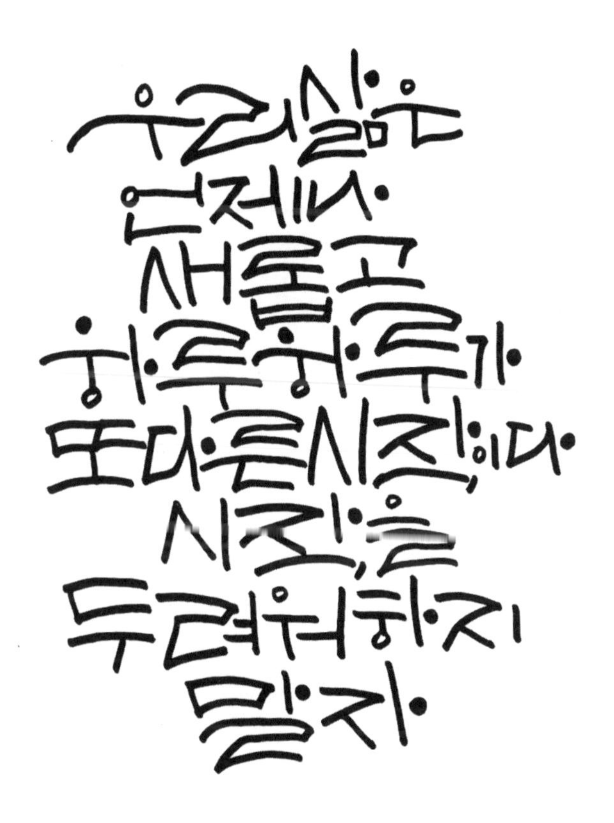
우리삶은
언제나
새롭고
하루하루가
또다른시작이다
시작을
두려워하지
말자

품

나에게로 와,
나의 전부가 되었다
품은
나다움이다.

푸름

사방을 둘러봐도

푸름 이어 좋다

푸름은 살아 숨 쉰다는 것

생명이자

자연의 옷이다

글에서의 푸름은

숨 쉬는 생각들과

호흡하는 과정이며

글씨에서의 푸름은

살아있는 글씨이다

푸름,

나에게로 와

나의 전부가 되었다

푸름은

나다움이다

때론
넘어지고
쉬어가도
괜찮다
내
인생의
마라톤을
계속
될테니까-

러닝메이트

내 지난 모든 일들은
무엇과도 바꿀 수 없는
자산이 되었고

실패와 아픔은
나를 무너뜨릴 수 없는
자신이 되었다

끝까지 할 수 있다는 믿음
해내겠다는 다짐이
나의 러닝메이트가 돼주어
여러 형태의 마라톤을 완주한다

때론 넘어지고

쉬어가도 괜찮다

내 인생의 마라톤은 계속될 테니까

에필로그

나의 마음이 종이 위에 쏟아지는 순간, 삶의 여정을 즐기고 있다고 확신하게 된 나는 글을 쓰면서 사람을 생각하게 되고 글씨로 옮기며 그 감정을 단단히 다지게 되었다.

아빠가 남겨두신 오래된 메모, 연애시절 남편에게 받은 편지, 딸이 아홉 살 때 써 준 서툰 손 편지 등을 보며 글씨에는 온전히 그 사람의 그때가 담겨 잘 쓰고 못씀이 기준이 되는 것이 아닌 글씨가 그 사람이 되는 순간, 나는 다시 한번 글과 글씨의 힘을 알게 되었다. 이번 작업을 통하여 나의 지금이 고스란히 묻어 있을 이 책이 더없이 소중한 이유이다.

글을 쓰는 순간에도 글을 마감하는 이 시점에도 나에게는 감사할 사람들이 너무나 많다.

작업하는 긴 시간을 누구보다 묵묵하게 기다려 준 남편 덕분에 서툰 글재주로 큰 용기를 내었다. 그리고 언제나 엄마를 자랑스럽게 여겨 주는 사랑하는 우리 딸 때문에 계속해서 글과 글씨를 쓰며 살아가려 한다. 남편, 서연아 고마워.

내 주변에는 나를 향해 열려있는 많은 사람이 있다. 내가 가는 모든 길을 응원해 주고 함께해 주는 지인들 그 모두 덕분에 이 책을 쓸 수 있었다. 두고두고 감사해야 할 일이다. 캘리그라피를 공부하며 큰 도움 주신 스승님과 외롭지 않게 함께 글씨 쓰며 걷는 동료들, 푸름을 믿고 따라주시는 수강 선생님들 한 분 한 분 생각나고 감사하다. 항상 격려해주시고 많은 도움 주시는 양가 부모님과 가족 그리고 이 모든 과정을 함께해 주시며 나를 세상에 내놓을 수 있도록 도와주신 박윤희 대표님께 진심으로 감사드린다.

우리는 서로를 위해 빌고 또 빌어
뜨거운 눈물로 살아가야 한다

오늘도 나는 당신의 안녕을 빈다

마지막으로 하늘에서 지켜보고 계실 아빠께 이 책을 바칩니다.

글과 글씨 | **푸름** 김수진

오늘도 나는 당신의 안녕을 빈다

1판 1쇄 발행 2022. 12. 24

지 은 이 김수진
발 행 인 박윤희
발 행 처 도서출판 이곳
디 자 인 디자인스튜디오 이곳
등 록 2018. 10. 8 신고번호 제 2018-000118호
주 소 서울 송파구 송파대로44길 9(송파동) 4층
팩 스 0504.062.2548

ISBN 979-11-977173-7-6 (03800)

도서출판 이곳
우리는 단순히 책을 만들지 않습니다.
작가와 책이 마주치는 이곳에서 끊임없이 나음을 너머 다름을 생각합니다.

홈페이지 www.bookndesign.com
이 메 일 bookndesign@daum.net
블 로 그 blog.naver.com/designit
유 튜 브 **도서출판이곳**
인스타그램 @book_n_design

이 도서의 국립중앙도서관 출판예정도서목록(CIP)은 서지정보유통지원시스템 홈페이지(http://seoji.nl.go.kr)와 국가자료종합목록시스템(http://www.nl.go.kr/kolisnet)에서 이용하실 수 있습니다.